大家小书

望舒诗稿

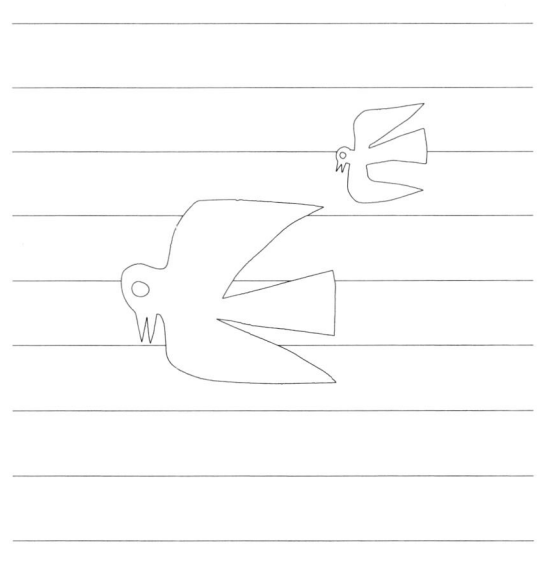

戴望舒 著

北京出版集团
北京出版社

图书在版编目（CIP）数据

望舒诗稿 / 戴望舒著. — 北京：北京出版社，2022.4
（大家小书）
ISBN 978-7-200-15230-2

Ⅰ. ①望… Ⅱ. ①戴… Ⅲ. ①诗集—中国—现代 Ⅳ. ①I226

中国版本图书馆 CIP 数据核字（2019）第 297443 号

总 策 划：安　东　高立志
项目统筹：吴剑文
责任编辑：王忠波　吴剑文
责任印制：陈冬梅　燕雨萌
装帧设计：人马艺术设计·储平

·大家小书·

望舒诗稿
WANGSHU SHI GAO
戴望舒　著

出　　　版	北京出版集团
	北京出版社
地　　　址	北京北三环中路6号
邮　　　编	100120
网　　　址	www.bph.com.cn
总 发 行	北京出版集团
印　　　刷	北京华联印刷有限公司
经　　　销	新华书店
开　　　本	880毫米×1230毫米　1/32
印　　　张	5.875
字　　　数	85千字
版　　　次	2022年4月第1版
印　　　次	2022年4月第1次印刷
书　　　号	ISBN 978-7-200-15230-2
定　　　价	42.00元

如有印装质量问题，由本社负责调换
质量监督电话　010-58572393

目录

望舒诗稿

夕阳下 _3

寒风中闻雀声 _5

自家悲怨 _7

生涯 _8

流浪人的夜歌 _10

断章 _12

凝泪出门 _13

可知 _15

静夜 _17

山行 _18

残花的泪 _19

十四行 _21

不要这样 _23

忧郁 _25

残叶之歌 _26

闻曼陀铃 _28

雨巷 _30

断指 _33

古神祠前 _36

我的记忆 _39

路上的小语 _42

林下的小语 _44

夜 _46

独自的时候 _48

秋 _50

对于天的怀乡病 _52

印象 _54

到我这里来 _55

祭日 _57

烦忧 _59

百合子 _60

八重子 _62

梦都子 _64

我的素描 _66

单恋者 _68

老之将至 _70

秋天的梦 _72

前夜 _73

我的恋人 _75

村姑 _77

野宴 _79

三顶礼 _80

二月 _82

小病 _83

款步（一）_84

款步（二）_86

过时 _87

有赠 _89

游子谣 _90

秋蝇 _92

夜行者 _94

微辞 _95

妾薄命 _97

少年行 _98

旅思 _99

不寐 _100

深闭的园子 _102

灯 _103

寻梦者 _105

乐园鸟 _107

见毋忘我花 _109

微笑 _111

霜花 _112

附录一：诗论零札 _113

附录二：法文诗六章 _118

灾难的岁月

古意答客问 _127

灯 _129

秋夜思 _131

小曲 _133

赠克木 _135

眼 _138

夜蛾 _141

寂寞 _143

我思想 _145

元日祝福 _146

白蝴蝶 _147

致萤火 _148

狱中题壁 _150

我用残损的手掌 _152

心愿 _154

等待 _156

等待（其二） _158

过旧居（初稿） _161

过旧居 _162

示长女 _167

在天晴了的时候 _170

赠内 _172

萧红墓畔口占 _174

口号 _175

偶成 _177

望舒诗稿

夕阳下

晚云在暮天上散锦,
溪水在残日里流金;
我瘦长的影子飘在地上,
像山间古树的寂寞的幽灵。

远山啼哭得紫了,
哀悼着白日的长终;
落叶却飞舞欢迎
幽夜的衣角,那一片清风。

荒冢里流出幽古的芬芳,
在老树枝头把蝙蝠迷上,
它们缠绵琐细的私语,

在晚烟中低低地回荡。

幽夜偷偷地从天末来,
我独自还恋恋地徘徊;
在这寂寞的心间,我是
消隐了忧愁,消隐了欢快。

寒风中闻雀声

枯枝在寒风里悲叹,
死叶在大道上萎残;
雀儿在高唱薤露歌,
一半儿是自伤自感。

大道上是寂寞凄清,
高楼上是悄悄无声,
只有那孤苓的雀儿,
伴着孤苓的少年人。

寒风已吹老了树叶,
更吹老少年的华鬓,
又复在他的愁怀里,

将一丝的温馨吹尽。

唱啊,同情的雀儿,
唱破我芬芳的梦境;
吹罢,无情的风儿,
吹断我飘摇的微命。

自家悲怨

怀着热望来相见,
希冀一诉旧衷情
偏你冷冷无片言;
我只合踏着残英
远去了,自家悲怨。

而今希望又虚无,
且消受终天长怨。
转看风里的蜘蛛
又可怜地飘摇断
这一缕零丝残绪。

生涯

泪珠儿已抛残,
只剩了悲思。
无情的百合啊,
你明丽的花枝。
你太娟好,太轻盈,
人间天上不堪寻。

人间伴我惟孤苦,
白昼给我是寂寥;
只有那甜甜的梦儿
慰我在深宵:
我希望长睡沉沉,
长在那梦里温存。

可是清晨我醒来
在枕边找到了悲哀：
欢乐只是一幻梦，
孤苦却待我生挨！
我暗把泪珠哽咽，
我又生活了一天。

泪珠儿已抛残，
悲思偏无尽，
啊，我生命的慰安！
我屏营待你垂悯：
在这世间寂寂，
朝朝只有呜咽。

流浪人的夜歌

残月是已死美人,
在山头哭泣嘤嘤,
哭她细弱的魂灵。

怪枭在幽谷悲鸣,
饥狼在嘲笑声声,
在那莽莽的荒坟。

此地黑暗的占领,
恐怖在统治人群,
幽夜茫茫地不明。

来到此地泪盈盈,

我是飘泊的孤身,
我要与残月同沉。

断章

这问题我不要分明,
不要说爱不要说恨;
当我们提壶痛饮时,
可先问是酸酒芳醇?

但愿她温温的眼波
荡醒我心头的春草:
谁希望有花儿果儿?
只愿春天里活几朝。

凝泪出门

昏昏的灯,
溟溟的雨,
沉沉的未晓天;
凄凉的情绪,
将我的愁怀占住。

凄绝的寂静中,
你还酣睡未醒,
我无奈踯躅徘徊,
独自凝泪出门:
啊,我已够伤心。

清冷的街灯,

照着车儿前进:
在我的胸怀里,
我是失去了欢欣,
愁苦已来临。

可知

可知怎的旧时的欢乐
到回忆都变作悲哀,
在月暗灯昏时候
重重地兜上心来,
　　啊,我的欢爱!

为了如今惟有愁和苦,
朝朝的难遣难排,
恐惧以后无欢日,
愈觉得旧时难再,
　　啊,我的欢爱!

可是只要你能爱我深,

只要你深情不改,
这今日的悲哀,
会变作来朝的欢快,
　　啊,我的欢爱!

否则悲苦难排解,
幽暗重重向我来,
我将含怨沉沉睡,
睡在那碧草青苔,
　　啊,我的欢爱!

静夜

像侵晓蔷薇的蓓蕾,
含着晶耀的香露,
你盈盈地低泣,低着头,
你在我心头开了烦忧路。

你哭泣嘤嘤地不停,
我心头反覆地不宁;
这烦忧是从何处生,
使你堕泪,又使我伤心?

停了泪儿啊,请莫悲伤,
且把那原因细讲,
在这幽夜沉寂又微凉,
人静了,这正是时光。

山行

见了你朝霞的颜色,
便感到我落月的沉哀,
却似晓天的云片,
烦怨飘上我心来。

可是不听你啼鸟的娇音,
我就要像流水地呜咽,
却似凝露的山花,
我不禁地泪珠盈睫。

我们彳亍在微茫的山径,
让梦香吹上了征衣,
和那朝霞,和那啼鸟,
和你不尽的缠绵意。

残花的泪

寂寞的古园中,
明月照幽素,
一枝凄艳的残花
对着蝴蝶泣诉:

我的娇丽已残,
我的芳时已过,
今宵我流着香泪,
明朝会萎谢尘土。

我的旖艳与温馨,
我的生命与青春,
都已为你所有,

都已为你消受尽!

你旧日的蜜意柔情,
如今已抛向何处?
看见我憔悴的颜色,
你啊,你默默无语!

你会把我孤凉地抛下,
独自蹁跹地飞去,
又飞到别枝春花上,
依依地将她恋住。

明朝晓日来时,
小鸟将为我唱薤露歌;
你啊,你不会眷顾旧情,
到此地来凭吊我!

十四行

看微雨飘落在你披散的鬓边，
像小珠散落在青色海带草间，
或是死鱼浮在碧海的波浪上，
闪出万点神秘又凄切的幽光，

它诱着又带着我青色的魂灵，
到爱和死的梦的王国中逡巡，
那里有金色山川和紫色太阳，
而可怜的生物流喜泪到胸膛；

就像一只黑色的衰老的瘦猫，
在幽光中我憔悴又伸着懒腰，
吐出我一切虚伪真诚的骄傲；

然后又跟它踉跄在薄雾朦胧，
像淡红的酒沫飘浮在琥珀钟，
我将有情的眼埋藏在记忆中。

不要这样

不要这样盈盈地相看,
把你伤感的头儿垂倒,
静,听啊,远远地,在林里,
在死叶上的希望又醒了。

是一个昔日的希望,
它沉睡在林里已多年;
是一个缠绵烦琐的希望,
它早在遗忘里沉湮。

不要这样盈盈地相看,
把你伤感的头儿垂倒,
这一个昔日的希望,

它已被你惊醒了。

这是缠绵烦琐的希望,
如今已被你惊起了,
它又要依依地前来
将你与我烦忧。

不要这样盈盈地相看,
把你伤感的头儿垂倒,
静,听啊,远远地,从林里,
惊醒的昔日的希望来了。

忧郁

我如今已厌看蔷薇色,
一任她娇红披满枝。

心头的春花已不更开,
幽黑的烦忧已到我欢乐之梦中来。

我的唇已枯,我的眼已枯,
我呼吸着火焰,我听见幽灵低诉。

去吧,欺人的美梦,欺人的幻像,
天上的花枝,世人安能痴想!

我颓唐地在挨度这迟迟的朝夕,
我是个疲倦的人儿,我等待着安息。

残叶之歌

男子

你看,湿了雨珠的残叶
摇摇地停在枝头,
(湿了泪珠的心儿,
轻轻地贴在你心头。)

它踌躇着怕那微风,
吹它到缥缈的长空。

女子

你看,那小鸟恋过枝叶,

如今却要飘飞无迹。
(我的心儿和残叶一样,
你啊,忍心人,你要去他方。)

它可怜地等待着微风,
要依风去追逐爱者的行踪。

男子

那么,你是叶儿,我是那微风,
我曾爱你在枝上,也爱你在街中。

女子

来吧,你把你微风吹起,
我将我残叶的生命还你。

闻曼陀铃

从水上飘起的,春夜的曼陀铃,
你咽怨的亡魂,孤寂又缠绵,
你在哭你的旧时情?

你徘徊到我的窗边,
寻不到昔日的芬芳,
你惆怅地哭泣到花间。

你凄婉地又重进我的纱窗,
还想寻些坠鬓的珠屑——
啊,你又失望地咽泪去他方。

你依依地又来到我耳边低泣;

啼着那颓唐哀怨之音；

然后，懒懒地，到梦水间消歇。

雨巷

撑着油纸伞,独自
彷徨在悠长,悠长
又寂寥的雨巷,
我希望逢着
一个丁香一样地
结着愁怨的姑娘。

她是有
丁香一样的颜色,
丁香一样的芬芳,
丁香一样的忧愁,
在雨中哀怨,
哀怨又彷徨;

她彷徨在这寂寥的雨巷，
撑着油纸伞
像我一样，
像我一样地
默默彳亍着，
冷漠、凄清，又惆怅。

她静默地走近
走近，又投出
太息一般的眼光，
她飘过
像梦一般地，
像梦一般地凄婉迷茫。

像梦中飘过
一枝丁香地，
我身旁飘过这女郎；
她静默地远了，远了，
到了颓圮的篱墙，

走尽这雨巷。

在雨的哀曲里，
消了她的颜色，
散了她的芬芳，
消散了，甚至她的
太息般的眼光，
丁香般的惆怅。

撑着油纸伞，独自
彷徨在悠长，悠长
又寂寥的雨巷，
我希望飘过
一个丁香一样地
结着愁怨的姑娘。

断指

在一口老旧的,满积着灰尘的书橱中,
我保存着一个浸在酒精瓶中的断指;
每当无聊地去翻寻古籍的时候,
它就含愁地向我诉说一个使我悲哀的记忆。

它是被截下来的,从我一个已牺牲了的朋友的手上,
它是惨白的,枯瘦的,和我的友人一样,
时常萦系着我的,而且是很分明的,
是他将这断指交给我的时候的情景:

"为我保存着这可笑又可怜的恋爱的纪念吧,望舒,
在零落的生涯中,它是只能增加我的不幸的了。"
他的话是舒缓的,沉着的,像一个叹息,

而他的眼中似乎是含有泪水，虽然微笑是在脸上。

关于他的"可怜又可笑的爱情"我是一些也不知道，
我知道的只是他是在一个工人家里被捕去的；
随后是酷刑吧，随后是惨苦的牢狱吧，
随后是死刑吧，那等待着我们大家的死刑吧。

关于他"可笑又可怜的爱情"我是一些也不知道，
他从未对我谈起过，即使在喝醉酒时。
但是我猜想这一定是一段悲哀的故事，他隐藏着，
他想使它随着截断的手指一同被遗忘了。

这断指上还染着油墨的痕迹，
是赤色的，是可爱的光辉的赤色的，
它很灿烂地在这截断的手指上，
正如他责备别人的懦怯的目光在我们的心头一样。

这断指常带了轻微又黏着的悲哀给我，
但是这在我又是一件很有用的珍品，

每当为了一件琐事而颓丧的时候，
我会说："好，让我拿出那个玻璃瓶来罢。"

古神祠前

古神祠前逝去的
暗暗的水上,
印着我多少的
思量的轻轻的脚迹,
比长脚的水蜘蛛,
更轻更快的脚迹。

从苍翠的槐树叶上,
它轻轻地跃到
饱和了古愁的钟声的水上,
它掠过涟漪,踏过荇藻,
跨着小小的,小小的
轻快的步子走。

然后，踯躅着，
生出了翼翅……

它飞上去了，
这小小的蜉蝣，
不，是蝴蝶，它翩翩飞舞，
在芦苇间，在红蓼花上；
它高升上去了，
化作一只云雀，
把清音撒到地上……
现在它是鹏鸟了。
在浮动的白云间，
在苍茫的青天上，
它展开翼翅慢慢地，
作九万里的翱翔，
前生和来世的逍遥游。

它盘旋着，孤独地，
在迢遥的云山上，

在人间世的边际；
长久地，固执到可怜。

终于，绝望地，
它疾飞回到我心头
在那儿忧愁地蛰伏。

我的记忆

我的记忆是忠实于我的,
忠实甚于我最好的友人。

它生存在燃着的烟卷上,
它生存在绘着百合花的笔杆上,
它生存在破旧的粉盒上,
它生存在颓垣的木莓上,
它生存在喝了一半的酒瓶上,
在撕碎的往日的诗稿上,在压干的花片上,
在凄暗的灯上,在平静的水上,
在一切有灵魂没有灵魂的东西上,
它在到处生存着,像我在这世界一样。

它是胆小的,它怕着人们的喧嚣,
但在寂寥时,它便对我来作密切的拜访。
它的声音是低微的,
但是它的话却很长,很长,
很长,很琐碎,而且永远不肯休:
它的话是古旧的,老讲着同样的故事,
它的音调是和谐的,老唱着同样的曲子;
有时它还模仿着爱娇的少女的声音,
它的声音是没有气力的,
而且还夹着眼泪,夹着太息。

它的拜访是没有一定的,
在任何时间,在任何地点,
甚至当我已上床,朦胧地想睡了;
或是选一个大清早,
人们会说它没有礼貌,
但是我们是老朋友。

它是琐琐地永远不肯休止的,

除非我凄凄地哭了,
或者沉沉地睡了,
但是我永远不讨厌它,
因为它是忠实于我的。

路上的小语

——给我吧,姑娘,那朵簪在发上的
小小的青色的花,
它是会使我想起你的温柔来的。

——它是到处都可以找到的,
那边,你瞧,在树林下,在泉边,
而它又只会给你悲哀的记忆的。

——给我吧,姑娘,你的像花一般燃着的,
像红宝石一般晶耀着的嘴唇。
它会给我蜜的味,酒的味。

——不,它只有青色的橄榄的味,

和未熟的苹果的味，
而且是不给说谎的孩子的。

——给我吧，姑娘，那在你衫子下的
你的火一样的，十八岁的心，
那里是盛着天青色的爱情的。

——它是我的，是不给任何人的，
除非有人愿意把他自己的真诚的
来作一个交换，永恒地。

林下的小语

走进幽暗的树林里,
人们在心头感到寒冷。
亲爱的,在心头你也感到寒冷吗?
当你在我的怀里,
而我们的唇又黏着的时候?

不要微笑,亲爱的,
啼泣一些是温柔的
啼泣吧,亲爱的,啼泣在我的膝上,
在我的胸头,在我的颈边:
啼泣不是一个短促的欢乐。

"追随你到世界的尽头,"

你固执地这样说着吗?
你在游戏吧!你去追平原的天风吧!
我呢,我是比天风更轻,更轻,
是你永远追随不到的。

哦,不要请求我的无用心了!
你到山上去觅珊瑚吧,
你到海底去觅花枝吧;

什么是我们的好时光的纪念吗?
在这里,亲爱的,在这里,
这沉哀,这绛色的沉哀。

夜

夜是清爽而温暖；
飘过的风带着青春和爱的香味，
我的头是靠在你裸着的膝上，
你想微笑，而我却想啜泣。

温柔的是缢死在你的发丝上，
它是那么长，那么细，那么香；
但是我是怕着，那飘过的风
要把我们的青春带去。

我们只是被年海的波涛
挟着飘去的可怜的沉舟，
不要讲古旧的绮腻风光了，

纵然你有柔情，我有眼泪。

我是害怕那飘过的风，
那带去了别人的青春和爱的飘过的风，
它也会带去了我们的，
然后丝丝地吹入凋谢了的蔷薇花丛。

独自的时候

房里曾充满过清朗的笑声，
正如花园里充满过百合或素馨，
人在满积着梦的灰尘中抽烟，
沉想着凋残了的音乐。

在心头飘来飘去的是什么啊，
像白云一样地无定像白云一样地沉郁？
而且要对它说话也是徒然的，
正如人徒然向白云说话一样。

幽暗的房里耀着的只有光泽的木器，
独语着的烟斗也黯然缄默，
人在尘雾的空间描摹着白润的裸体

和烧着人的火一样的眼睛。

为自己悲哀和为别人悲哀是同样的事，
虽然自己的梦是和别人的不同，
但是我知道今天我是流过眼泪，
而从外边，寂静是悄悄地进来。

秋

再过几日秋天是要来了,
默坐着,抽着陶制的烟斗;
我已隐隐听见它的歌吹
从江水的船帆上。

它是在奏着管弦乐:
这个使我想起做过的好梦;
我从前认它为好友是错了,
因为它带了烦忧来给我。

林间的猎角声是好听的,
在死叶上的漫步也是乐事,
但是,独身汉的心地我是很清楚的,

今天,我没有这闲雅的兴致。

我对它没有爱也没有恐惧,
我知道它所带来的东西的重量,
我是微笑着,安坐在我的窗前,
当飘风带着恐吓的口气来说:
　　秋天来了,望舒先生!

对于天的怀乡病

怀乡病,怀乡病,
这或许是一切
有一张有些忧郁的脸,
一颗悲哀的心,
而且老是缄默着,
还抽着一支烟斗的
人们的生涯吧。

怀乡病,哦,我啊,
我也许是这类人之一吧:
我呢,我渴望着回返
到那个天,到那个如此青的天,
在那里我可以生活又死灭,

像在母亲的怀里,
一个孩子欢笑又啼泣。

我啊,我是一个怀乡病者:
对于天的,对于那如此青的天的;
那里,我是可以安憩地睡眠,
没有半边头风,没有不眠之夜,
没有心的一切的烦恼,
这心,它,已不是属于我的,
而有人已把它抛弃了,
像人们抛弃了敝屣一样。

印象

是飘落深谷去的
幽微的铃声吧,
是航到烟水去的
小小的渔船吧,
如果是青色的真珠;
它已堕到古井的暗水里。

林梢闪着的颓唐的残阳,
它轻轻地敛去了
跟着脸上浅浅的微笑。

从一个寂寞的地方起来的,
迢遥的,寂寞的呜咽,
又徐徐回到寂寞的地方,寂寞地。

到我这里来

到我这里来,假如你还存在着,
全裸着,披散了你的发丝:
我将对你说那只有我们两人懂得的话。

我将对你说为什么蔷薇有金色的花瓣,
为什么你有温柔而馥郁的梦,
为什么锦葵会从我们的窗间探首进来。

人们不知道的一切我们都会深深了解,
除了我的手的颤动和你的心的奔跳;
不要怕我发着异样的光的眼睛,
向我来:你将在我的臂间找到舒适的卧榻。

可是，啊，你是不存在着了，
虽则你的记忆还使我温柔地颤动，
而我是徒然地等待着你，每一个傍晚，
在橙花下，沉思地，抽着烟。

祭日

今天是亡魂的祭日,
我想起了我的死去了六年的友人。
或许他已老一点了,怅惜他爱娇的妻,
他哭泣着的女儿,他剪断了的青春。

他一定是瘦了,过着漂泊的生涯,在幽冥中,
但他的忠诚的目光是永远保留着的,
而我还听到他往昔的熟稔有劲的声音,
"快乐吗,老戴?"(快乐,唔,我现在已没有了。)

他不会忘记了我:这我是很知道的,
因为他还来找我,每月一二次,在我梦里。
他老是饶舌的,虽则他已归于永恒的沉寂,

而他带着忧郁的微笑的长谈使我悲哀。

我已不知道他的妻和女儿到哪里去了，
我不敢想起她们，我甚至不敢问他，在梦里；
当然她们不会过着幸福的生涯的，
像我一样，像我们大家一样。

快乐一点吧，因为今天是亡魂的祭日；
我已为你预备了在我算是丰盛了的晚餐，
你可以找到我园里的鲜果，
和那你所嗜好的陈威士忌酒。
我们的友谊是永远地柔和的，
而我将和你谈着幽冥中的快乐和悲哀。

烦忧

说是寂寞的秋的悒郁,
说是辽远的海的怀念。
假如有人问我烦忧的原故,
我不敢说出你的名字。

我不敢说出你的名字,
假如有人问我烦忧的原故:
说是辽远的海的怀念,
说是寂寞的秋的悒郁。

百合子

百合子是怀乡病的可怜的患者，
因为她的家是在灿烂的樱花丛里的；
我们徒然有百尺的高楼和沉迷的香夜，
但温煦的阳光和朴素的木屋总常在她缅想中。

她度着寂寂的悠长的生涯，
她盈盈的眼睛茫然地望着远处；
人们说她冷漠的是错了，
因为她沉思的眼里是有着火焰。

她将使我为她而憔悴吗？
或许是的，但是谁能知道？
有时她向我微笑着，

而这忧郁的微笑使我也坠入怀乡病里。

她是冷漠的吗?不。
因为我们的眼睛是秘密地交谈着;
而她是醉一样地合上了她的眼睛的,
如果我轻轻地吻着她花一样的嘴唇。

八重子

八重子是永远地忧郁着的,
我怕她会郁瘦了她的青春。
是的,我为她的健康挂虑着,
尤其是为她的沉思的眸子。

发的香味是簪着辽远的恋情,
辽远到要使人流泪;
但是要使她欢喜,我只能微笑,
只能像幸福者一样地微笑。

因为我要使她忘记她的孤寂,
忘记萦系着她的渺茫的乡思,
我要使她忘记她在走着

无尽的寂寞的凄凉的路。

而且在她的唇上，我要为她祝福，
为我的永远忧郁着的八重子，
我愿她永远有着意中人的脸，
春花的脸，和初恋的心。

梦都子

致霞村

她有太多的蜜饯的心——
在她的手上,在她的唇上;
然后跟着口红,跟着指爪,
印在老绅士的颊上,
刻在醉少年的肩上。

我们是她年青的爸爸,诚然,
但也害怕我们的女儿到怀里来撒娇,
因为在蜜饯的心以外,
她还有蜜饯的乳房,
而在撒娇之后,她还会放肆。

你的衬衣上已有了贯矢的心，
而我的指上又有了纸捻的约指，
如果我爱惜我的秀发，
那么你又该受那心愿的忤逆。

我的素描

辽远的国土的怀念者,
我,我是寂寞的生物。

假若把我自己描画出来,
那是一幅单纯的静物写生。

我是青春和衰老的集合体,
我有健康的身体和病的心。

在朋友间我有爽直的声名,
在恋爱上我是一个低能儿。

因为当一个少女开始爱我的时候,

我先就要栗然地惶恐。

我怕着温存的眼睛,
像怕初春青空的朝阳。

我是高大的,我有光辉的眼;
我用爽朗的声音恣意谈笑。

但在悒郁的时候,我是沉默的,
悒郁着,用我二十四岁的整个的心。

单恋者

我觉得我是在单恋着,
但是我不知道是恋着谁:
是一个在迷茫的烟水中的国土吗,
是一枝在静默中零落的花吗,
是一位我记不起的陌路丽人吗?
我不知道。
我知道的是我的胸膨胀着,
而我的心悸动着,像在初恋中。

在烦倦的时候,
我常是暗黑的街头的踯躅者,
我走遍了嚣嚷的酒场,
我不想回去,好像在寻找什么。

飘来一丝媚眼或是塞满一耳腻语,
那是常有的事。
但是我会低声说:
"不是你!"然后踉跄地又走向他处。

人们称我为"夜行人",
尽便吧,这在我是一样的;
真的,我是一个寂寞的夜行人。
而且又是一个可怜的单恋者。

老之将至

我怕自己将慢慢地慢慢地老去,
随着那迟迟寂寂的时间,
而那每一个迟迟寂寂的时间,
是将重重地载着无量的怅惜的。

而在我坚而冷的圈椅中,在日暮,
我将看见,在我昏花的眼前
飘过那些模糊的暗淡的影子;
一片娇柔的微笑,一只纤纤的手,
几双燃着火焰的眼睛,
或是几点耀着珠光的眼泪。

是的,我将记不清楚了:

在我耳边低声软语着
"在最适当的地方放你的嘴唇"的,
是那樱花一般的樱子吗?
那是茹丽苕吗,飘着懒倦的眼
望着她已卸了的锦缎的鞋子?……
这些,我将都记不清楚了,
因为我老了。

我说,我是担忧着怕老去,
怕这些记忆凋残了,
一片一片地,像花一样;
只留着垂枯的枝条,孤独地。

秋天的梦

迢遥的牧女的羊铃,
摇落了轻的树叶。

秋天的梦是轻的,
那是窈窕的牧女之恋。

于是我的梦是静静地来了,
但却载着沉重的昔日。

唔,现在,我有一些寒冷,
一些寒冷,和一些忧郁。

前夜

一夜的纪念，呈呐鸥兄

在比志步尔启碇的前夜，
托密的衣袖变作了手帕，
她把眼泪和着唇脂拭在上面，
要为他壮行色，更加一点粉香。

明天会有太淡的烟和太淡的酒，
和磨不损的太坚固的时间，
而现在，她知道应该有怎样的忍耐：
托密已经醉了，而且疲倦得可怜。

这有橙花香味的南方的少年，

他不知道明天只能看见天和海——
或许在"家,甜蜜的家"里他会康健些,
但是他的温柔的亲戚却要更瘦,更瘦。

我的恋人

我将对你说我的恋人,
我的恋人是一个羞涩的人,
她是羞涩的,有着桃色的脸,
桃色的嘴唇,和一颗天青色的心。

她有黑色的大眼睛,
那不敢凝看我的黑色的大眼睛——
不是不敢,那是因为她是羞涩的;
而当我依在她胸头的时候,
你可以说她的眼睛是变换了颜色,
天青的颜色,她的心的颜色。

她有纤纤的手,

它会在我烦忧的时候安抚我,
她有清朗而爱娇的声音,
那是只向我说着温柔的,
温柔到销熔了我的心的话的。

她是一个静娴的少女,
她知道如何爱一个爱她的人,
但是我永远不能对你说她的名字,
因为她是一个羞涩的恋人。

村姑

村里的姑娘静静地走着,
提着她的蚀着青苔的水桶;
溅出来的冷水滴在她的跣足上,
而她的心是在泉边的柳树下。

这姑娘会静静地走到她的旧屋去,
那在一棵百年的冬青树荫下的旧屋。
而当她想到在泉边吻她的少年,
她会微笑着,抿起了她的嘴唇。

她将走到那古旧的木屋边,
她将在那里惊散了一群在啄食的瓦雀,
她将静静地走到厨房里,

又将静静地把水桶放在干刍边。

她将帮助她的母亲造饭，
而从田间回来的父亲将坐在门槛上抽烟，
她将给猪圈里的猪喂食，
又将可爱的鸡赶进它们的窠里去。

在暮色中吃晚饭的时候，
她的父亲会谈着今年的收成，
他或许会说到她的女儿的婚嫁，
而她便将羞怯地低下头去。

她的母亲或许会说她的懒惰
（她打水的迟延便是一个好例子），
但是她会不听到这些话，
因为她在想着那有点鲁莽的少年。

野宴

对岸青叶荫下的野餐,
只有百里香和野菊作伴;
河水已洗涤了碍人的礼仪,
白云遂成为飘动的天幕。

那里有木叶一般绿的薄荷酒,
和你所爱的芬芳的腊味,
但是这里有更可口的芦笋
和更新鲜的乳酪。

我的爱软的草的小姐,
你是知味的美食家:
先尝这开胃的饮料,
然后再试那丰盛的名菜。

三顶礼

引起寂寂的旅愁的，
翻着软浪的暗暗的海，
我的恋人的发，
受我怀念的顶礼。

恋之色的夜合花，
佻侻的夜合花，
我的恋人的眼，
受我沉醉的顶礼。

给我苦痛的螫的，
苦痛的但是欢乐的螫的，
你小小的红翅的蜜蜂，

我的恋人的唇,
受我怨恨的顶礼。

二月

春天已在野菊的头上逡巡着了,
春天已在斑鸠的羽上逡巡着了,
春天已在青溪的藻上逡巡着了,
绿荫的林遂成为恋的众香国。

于是原野将听倦了谎话的交换,
而不载重的无邪的小草
将醉着温软的皓体的甜香;

于是,在暮色冥冥里
我将听了最后一个游女的惋叹,
拈着一枝蒲公英缓缓地归去。

小病

从竹帘里漏进来的泥土的香,
在浅春的风里它几乎凝住了;
小病的人嘴里感到了莴苣的脆嫩,
于是遂有了家乡小园的神往。

小园里阳光是常在芸苔的花上吧,
细风是常在细腰蜂的翅上吧,
病人吃的菾蕗的叶子许被虫蛀了,
而雨后的韭菜却许已有甜味的嫩牙了。

现在,我是害怕那使我脱发的饕餮了,
就是那滑腻的海鳗般美味的小食也得斋戒,
因为小病的身子在浅春的风里是软弱的,
况且我又神往于家园阳光下的莴苣。

款步（一）

这里是爱我们的苍翠的松树，
它曾经遮过你的羞涩和我的胆怯，
我们的这个同谋者是有一个好记性的，
现在，它还向我们说着旧话，但并不揶揄。

还有那多嘴的深草间的小溪，
我不知道它今天为什么缄默：
我不看见它，或许它已换一条路走了，
饶舌着，施施然绕着小村而去了。

这边是来做夏天的客人的闲花野草，
它们是穿着新装，像在婚筵里，
而且在微风里对我们作有礼貌的礼敬，

好像我们就是新婚夫妇。

我的小恋人，今天我不对你说草木的恋爱，
却让我们的眼睛静静地说我们自己的，
而且我要用我的舌头封住你的小嘴唇了，
如果你再说：我已闻到你的愿望的气味。

款步（二）

答应我绕过这些木棚，
去坐在江边的游椅上。
啮着沙岸的永远的波浪，
总会从你投出着的素足
撼动你抿紧的嘴唇的。
而这里，鲜红并寂静得
与你的嘴唇一样的枫林间，
虽然残秋的风还未来到，
但我已经从你的缄默里，
觉出了它的寒冷。

过时

说我是一个在怅惜着,
怅惜着好往日的少年吧,
我唱着我的崭新的小曲,
而你却揶揄:多么"过时"!

是呀,过时了,我的"单恋女"
都已经变作妇人或是母亲,
而我,我还可怜地年轻——
年轻?不吧,有点靠不住。

是呀,年轻是有点靠不住,
说我是有一点老了吧!
你只看我拿手杖的姿态

它会告诉你一切；而我的眼睛亦然。

老实说，我是一个年轻的老人了：
对于秋草秋风是太年轻了，
而对于春月春花却又太老。

有赠

谁曾为我束起许多花枝,
灿烂过又憔悴了的花枝,
谁曾为我穿起许多泪珠,
又倾落到梦里去的泪珠?

我认识你充满了怨恨的眼睛,
我知道你愿意缄在幽暗中的话语,
你引我到了一个梦中,
我却又在另一个梦中忘了你。

我的梦和我的遗忘中的人,
哦,受过我暗自祝福的人,
终日有意地灌溉着蔷薇,
我却无心地让寂寞的兰花愁谢。

游子谣

海上微风起来的时候,
暗水上开遍青色的蔷薇。
——游子的家园呢?

篱门是蜘蛛的家,
土墙是薜荔的家,
枝繁叶茂的果树是鸟雀的家。

游子却连乡愁也没有,
他沉浮在鲸鱼海蟒间:
让家园寂寞的花自开自落吧。

因为海上有青色的蔷薇,

游子要萦系他冷落的家园吗?
还有比蔷薇更清丽的旅伴呢。

秋蝇

木叶的红色,
木叶的黄色,
木叶的土灰色:
窗外的下午!

用一双无数的眼睛,
衰弱的苍蝇望得昏眩。
这样窒息的下午啊!
它无奈地搔着头搔着肚子。

木叶,木叶,木叶,
无边木叶萧萧下。

玻璃窗是寒冷的冰片了，
太阳只有苍茫的色泽。
巡回地散一次步吧！
它觉得它的脚软。

红色，黄色，土灰色，
昏眩的万花筒的图案啊！

迢遥的声音，古旧的，
大伽蓝的钟磬？天末的风？
苍蝇有点僵木，
这样沉重的翼翅啊！

飘下地，飘上天的木叶旋转着，
红色，黄色，土灰色的错杂的回轮。

无数的眼睛渐渐模糊，昏黑，
什么东西压到轻绡的翅上，
身子像木叶一般地轻，
载在巨鸟的翎翮上吗？

夜行者

这里他来了:夜行者!
冷清清的街上有沉着的跫音,
从黑茫茫的雾,
到黑茫茫的雾。

夜的最熟稔的朋友,
他知道它的一切琐碎,
那么熟稔,在它的熏陶中,
他染了它一切最古怪的脾气。

夜行者是最古怪的人。
你看他走在黑夜里:
戴着黑色的毡帽,
迈着夜一样静的步子。

微辞

园子里蝶褪了粉蜂褪了黄,
则木叶下的安息是允许的吧,
然而好玩弄的女孩子是不肯休止的,
"你瞧我的眼睛,"她说,"它们恨你!"

女孩子有恨人的眼睛,我知道,
她还有不洁的指爪,
但是一点恬静和一点懒是需要的,
只瞧那新叶下静静的蜂蝶。

魔道者使用曼陀罗根或是枸杞,
而人却像花一般地顺从时序,
夜来香娇妍地开了一个整夜,

朝来送入温室一时能重鲜吗?

园子都已恬静,
蜂蝶睡在新叶下,
迟迟的永昼中,
无厌的女孩子也该休止。

妾薄命

一枝,两枝,三枝,
床巾上的图案花
为什么不结果子啊!
过去了:春天,夏天,秋天。

明天梦已凝成了冰柱;
还会有温煦的太阳吗?
纵然有温煦的太阳,跟着檐溜,
去寻坠梦的玎玲吧!

少年行

是簪花的老人呢,
灰暗的篱笆披着茑萝;

旧曲在颤动的枝叶间死了,
新蜕的蝉用单调的生命赓续。

结客寻欢都成了后悔,
还要学少年的行踪吗?

平静的天,平静的阳光下,
烂熟的果子平静地落下来了。

旅思

故乡芦花开的时候,
旅人的鞋跟染着征泥,
黏住了鞋跟,黏住了心的征泥,
几时经可爱的手拂拭?

栈石星饭的岁月,
骡山骡水的行程:
只有寂静中的促织声,
给旅人尝一点家乡的风味。

不寐

在沉静的音波中，
每个爱娇的影子
在眩晕的脑里，
作瞬间的散步；

只是短促的瞬间，
然后列成桃色的队伍，
月移花影地淡然消溶：
飞机上的阅兵式。

掌心抵着炎热的前额，
腕上有急促的温息；
是那一宵的觉醒啊？

这种透过皮肤的温息。

让沉静的最高的音波
来震破脆弱的耳膜吧。
窒息的白色的帐子,墙……
什么地方去喘一口气呢?

深闭的园子

五月的园子
已花繁叶满了,
浓荫里却静无鸟喧。

小径已铺满苔藓,
而篱门的锁也锈了——
主人却在迢遥的太阳下。

在迢遥的太阳下,
也有璀璨的园林吗?

陌生人在篱边探首,
空想着天外的主人。

灯

士为知己者用,
故承恩的灯
遂做了恋的同谋人:
作憧憬之雾的
青色的灯,
作色情之屏的
桃色的灯。

因为我们知道爱灯,
如仁者乐山,智者乐水,
为供它的法眼的鉴赏
我们展开秘藏的风俗画:
灯却不笑人的风魔。

在灯的友爱的光里，
人走进了美容院；
千手千眼的技师，
替人匀着最宜雅的脂粉，
于是我们便目不暇给。

太阳只发着学究的教训，
而灯光却作着亲切的密语，
至于交头接耳的暗黑，
就是饕餮者的施主了。

寻梦者

梦会开出花来的,
梦会开出娇妍的花来的:
去求无价的珍宝吧。

在青色的大海里,
在青色的大海的底里,
深藏着金色的贝一枚。

你去攀九年的冰山吧,
你去航九年的旱海吧,
然后你逢到那金色的贝。

它有天上的云雨声,

它有海上的风涛声,
它会使你的心沉醉。

把它在海水里养九年,
把它在天水里养九年,
然后,它在一个暗夜里开绽了。

当你鬓发斑斑了的时候,
当你眼睛朦胧了的时候,
金色的贝吐出桃色的珠。

把桃色的珠放在你怀里,
把桃色的珠放在你枕边,
于是一个梦静静地升上来了。

你的梦开出花来了,
你的梦开出娇妍的花来了,
在你已衰老了的时候。

乐园鸟

飞着,飞着,春,夏,秋,冬,
昼,夜,没有休止,
华羽的乐园鸟,
这是幸福的云游呢,
还是永恒的苦役?

渴的时候也饮露,
饥的时候也饮露,
华羽的乐园鸟,
这是神仙的佳肴呢,
还是为了对于天的乡思?

是从乐园里来的呢,

还是到乐园里去的?
华羽的乐园鸟,
在茫茫的青空中,
也觉得你的路途寂寞吗?

假使你是从乐园里来的,
可以对我们说吗,
华羽的乐园鸟,
自从亚当、夏娃被逐后,
那天上的花园已荒芜到怎样了?

见毋忘我花

为你开的
为我开的毋忘我花,
为了你的怀念,
为了我的怀念,
它在陌生的太阳下,
陌生的树林间,
谦卑地,悒郁地开着。

在僻静的一隅,
它为你向我说话,
它为我向你说话;
它重数我们用凝望
远方的潮润的眼睛

在沉默中所说的话,
而它的语言又是
像我们的眼一样沉默。

开着吧,永远开着吧,
罥虑我们的小小的青色的花。

微笑

轻岚从远山飘开,
水蜘蛛在静水上徘徊;
说吧:无限意,无限意。

有人微笑,
一颗心开出花来,
有人微笑,
许多脸儿忧郁起来。

做定情之花带的点缀吧,
做迢遥之旅愁的凭借吧。

霜花

九月的霜花,
十月的霜花,
雾的娇女,
开到我鬓边来。

装点着秋叶,
你装点了单调的死,
雾的娇女,
来替我簪你素艳的花。

你还有珍珠的眼泪吗?
太阳已不复重燃死灰了。
我静观我鬓丝的零落,
于是我迎来你所装点的秋。

附录一：诗论零札

一

诗不能借重音乐，它应该去了音乐的成分。

二

诗不能借重绘画的长处。

三

单是美的字眼的组合不是诗的特点。

四

诗的韵律不在字的抑扬顿挫上,而在诗的情绪的抑扬顿挫上,即在诗情的程度上。

五

诗最重要的是诗情上的 nuance[1] 而不是字句上的 nuance。

六

韵和整齐的字句会妨碍诗情,或使诗情成为畸形的。倘把诗的情绪去适应呆滞的,表面的旧规律,就和把自己的足去穿别人的鞋子一样。愚劣的人们削足适履,比较聪明一点的人选择较合脚的鞋子,但是智者却为自己制最合自己的脚的鞋子。

---

[1]. nuance:法文,意为细微差别。

七

诗不是某一个官感的享乐,而是全官感或超官感的东西。

八

新的诗应该有新的情绪和表现这情绪的形式。所谓形式,决非表面上的字的排列,也决非新的字眼的堆积。

九

不必一定拿新的事物来做题材(我不反对拿新的事物来做题材),旧的事物中也能找到新的诗情。

十

旧的古典的应用是无可反对的,在它给予我们一个新情绪的时候。

十一

不应该有只是炫奇的装饰癖,那是不永存的。

十二

诗应该有自己的 originalité,但你须使它有 universel 性,两者不能缺一。[1]

十三

诗是由真实经过想象而出来的,不单是真实,亦不单是想象。

---

1. originalité:法文,意为独特性;universel:法文,意为普遍。

十四

诗应当将自己的情绪表现出来，而使人感到一种东西，诗本身就像是一个生物，不是无生物。

十五

情绪不是用摄影机摄出来的，它应当用巧妙的笔触描出来。这种笔触又须是活的，千变万化的。

十六

只在用某一种文字写来，某一国人读了感到好的诗，实际上不是诗，那最多是文字的魔术。真的诗的好处并不就是文字的长处。

附录二：法文诗六章

Le Voyageur[1]

Quand, sur la mer, la brise souffle,
sur les ondes sombres, s'épanouissent part out les roses blues.
——Où es-tu, toit du voyageur?

La porte de la cloture est le toit des araignées,
Le mur de terre celui des ronces,
Et l'arbre en fleur celui des moineaux.

---

1. 以下法文诗六章系戴望舒自译诗作：《游子谣》《夜行者》《深闭的园子》《过时》《三顶礼》《妾薄命》。

Le voyageur n'a même pas de nostalgie,

Il flo' te parni les mêdues et les pélamides:

—Laissons les fleurs solitaires s'épanouir et tomber dans le jardin natal.

Car sur' a mer s'épanouissent les roses bleues.

Pourquo le voyageur s'inquiète ait-il de son ardin désert?

N'a-t-il pas une compagne plus charmante que les roses?

Noctambule

Voici venir le noctambule!

Dans la rue déserte, résonnent ses pas:

Du brouillard tout noir,

Au brouillard tout noir.

Ami le plus Intime de la nuit,

Il en connalt tous les secreta

Si intime qu'il a pris

Toutes les manies de la nuit.

Le noctambule est un coeur étrange.

Regardez-le s'avancer dans la nuit noire

D'un pas silencieux comme la nuit

Et sur la téte, un feutre noir.

Le Jardin Clos

Dans le jardin, au mois de mai,

Foisonnent déjà fleurs et feuilles:

Aucun ramage dans la feuillée.

Les allées sont vétues de mousses,

Et le cadenas de la porte, de rouille;

Le maitre reste sous un soleil lointain.

Sous le soleil lointain

Un jardin radieux peut-ilétre?

Le passaut épie prés de la haie,
Songeant en vain au maitre sous 1' autre ciel.

Démodé

Dites que je suis un jeune homme
Qui regrette le bou vieux temps,
Je fredonne une chanson neuve,
Et déjà vous vous moquez: que c' est démodé!

Oui démodé: mes amoureuses du temps passé
Sont maintenan épouses ou méres.
Mais moi je reste pauvremeut jeune.
Jeune? non, pas tout â fait.

Non, je ne suis plus tout â fait jeune.
Dites que je suis un peu vieilli!

Regardez seulement la façon dont je porte la canne,
Cela vous dira tout, et mes yeux aussi.

A vrai dire, je suis un jeune vieillard:
Trop jeune pour les herbes et le vent d'automne,
Trop vieux pour la lune et les fleurs de printemps.

Trois Béné dictions

j er somb e aux molles vagues
Où l'on ne ouffre que le mal du pays
Chevelue de ma bien-aimée,
Reçois mon egret en bénédiction.

Belle-de-jour couleur d'amour,
Belle-de-jour, belle de nuit,
Prun lle de ma bien-aimée,
Reçois mon ivresse en bénédiction.

Petite abeille aux ailes roses,

Petite abeille au cruel aiguillon

Don' oureux mais bienheureux,

O bouche de ma bien-aimée

Reçois ma p' ainte en bénédiction.

Regret

—Un, deux trois……

Ces fleurs étoilant le couvre-lit,

Pourquoi ne donnent elles pas de fruits?

Déjà ont fui: le printemps, l' été, l' autonme.

Demain le rêve sera pris en stalactite.

Repa aitra-t-il encore le soleil chaud?

Malgré le soleil chaud,

Suivant les gouttes d' eau

On ne touvera que le tintement

Du réve tombé.

灾难的岁月

古意答客问

孤心逐浮云之炫烨的卷舒,
惯看青空的眼喜侵阈的青芜。
你问我的欢乐何在?
——窗头明月枕边书。

侵晨看岚踯躅于山巅,
入夜听风琐语于花间。
你问我的灵魂安息于何处?
——看那袅绕地,袅绕地升上去的炊烟。

渴饮露,饥餐英;
鹿守我的梦,鸟祝我的醒。
你问我可有人间世的罣虑?

——听那消沉下去的百代之过客的跫音。

一九三四年十二月五日

灯

灯守着我,劬劳地,
凝看我眸子中
有穿着古旧的节日衣衫的
欢乐儿童,
忧伤稚子,
像木马栏似地
转着,转着,永恒地……

而火焰的春阳下的树木般的
小小的爆裂声,
摇着我,摇着我,
柔和地。

美丽的节日萎谢了,
木马栏犹自转着,转着……
灯徒然怀着母亲的劬劳,
孩子们的彩衣已褪了颜色。

已矣哉!
采撷黑色大眼睛的凝视
去织最绮丽的梦网!
手指所触的地方:
火凝作冰焰,
花幻为枯枝。
灯守着我。让它守着我!

曦阳普照,蜥蜴不复浴其光,
帝王长卧,鱼烛永恒地高烧
在他森森的陵寝。

这里,一滴一滴地,
寂静坠落,坠落,坠落。

一九三四年十二月二十一日

秋夜思

谁家动刀尺?
心也需要秋衣。

听鲛人的召唤,
听木叶的呼息!
风从每一条脉络进来,
窃听心的枯裂之音。

诗人云:心即是琴。
谁听过那古旧的阳春白雪?
为真知的死者的慰藉,
有人已将它悬在树梢,
为天籁之凭托——

但曾一度谛听的飘逝之音。

而断裂的吴丝蜀桐
仅使人从弦柱间思忆华年。

一九三五年七月六日

小曲

啼倦的鸟藏喙在彩翎间,
音的小灵魂向何处翩跹?
老去的花一瓣瓣委尘土,
香的小灵魂在何处流连?

它们不能在地狱里,不能,
这那么好,那么好的灵魂!
那么是在天堂,在乐园里?
摇摇头,圣彼得可也否认。

没有人知道在哪里,没有,
诗人却微笑而三缄其口:
有什么东西在调和氤氲,

在他的心的永恒的宇宙。

一九三六年五月十四日

赠克木

我不懂别人为什么给那些星辰
取一些它们不需要的名称,
它们闲游在太空,无牵无挂,
不了解我们,也不求闻达。

记着天狼,海王,大熊……这一大堆,
还有它们的成份,它们的方位,
你绞干了脑汁,涨破了头,
弄了一辈子,还是个未知的宇宙。

星来星去,宇宙运行,
春秋代序,人死人生,
太阳无量数,太空无限大,

我们只是倏忽渺小的夏虫井蛙。

不痴不聋,不做阿家翁,
为人之大道全在懵懂,
最好不求甚解,单是望望,
看天,看星,看月,看太阳。

也看山,看水,看云,看风,
看春夏秋冬之不同,
还看人世的痴愚,人世的怳惚:
静默地看着,乐在其中。

乐在其中,乐在空与时以外,
我和欢乐都超越过一切境界,
自己成一个宇宙,有它的日月星,
来供你钻研,让你皓首穷经。

或是我将变成一颗奇异的彗星,
在太空中欲止即止,欲行即行,

让人算不出轨迹，瞧不透道理，
然后把太阳敲成碎火，把地球撞成泥。

一九三六年五月十八日

眼

在你的眼睛的微光下
迢遥的潮汐升涨:
玉的珠贝,
青铜的海藻……
千万尾飞鱼的翅,
剪碎分而复合的
顽强的渊深的水。

无渚崖的水,
暗青色的水!
在什么经纬度上的海中,
我投身又沉溺在
以太阳之灵照射的诸太阳间,

以月亮之灵映光的诸月亮间,
以星辰之灵闪烁的诸星辰间?
于是我是彗星,
有我的手,
有我的眼,
并尤其有我的心。

我晞曝于你的眼睛的
苍茫朦胧的微光中,
并在你上面,
在你的太空的镜子中
鉴照我自己的
透明而畏寒的
火的影子,
死去或冰冻的火的影子。

我伸长,我转着,
我永恒地转着,
在你的永恒的周围

并在你之中……

我是从天上奔流到海,
从海奔流到天上的江河,
我是你每一条动脉,
每一条静脉,
每一个微血管中的血液,
我是你的睫毛
(它们也同样在你的
眼睛的镜子里顾影),
是的,你的睫毛,你的睫毛,

而我是你,
因而我是我。

一九三六年十月十九日

夜蛾

绕着蜡烛的圆光,
夜蛾作可怜的循环舞,
这些众香国的谪仙不想起
已死的虫,未死的叶。

说这是小睡中的亲人,
飞越关山,飞越云树,
来慰藉我们的不幸,
或者是怀念我们的死者,
被记忆所逼,离开了寂寂的夜台来。

我却明白它们就是我自己,
因为它们用彩色的大绒翅

遮覆住我的影子，
让它留在幽暗里。
这只是为了一念，不是梦，
就像那一天我化成凤。

一九三六年十二月二十六日

寂寞

园中野草渐离离,
托根于我旧时的脚印,
给他们披青春的彩衣:
星下的盘桓从兹消隐。

日子过去,寂寞永存,
寄魂于离离的野草,
像那些可怜的灵魂,
长得如我一般高。

我今不复到园中去,
寂寞已如我一般高:
我夜坐听风,昼眠听雨,

悟得月如何缺,天如何老。

一九三七年二月十二日

我思想

我思想,故我是蝴蝶……
万年后小花的轻呼
透过无梦无醒的云雾,
来振撼我斑斓的彩翼。

一九三七年三月十四日

元日祝福

新的年岁带给我们新的希望。
祝福!我们的土地,
血染的土地,焦裂的土地,
更坚强的生命将从而滋长。

新的年岁带给我们新的力量。
祝福!我们的人民,
坚苦的人民,英勇的人民,
苦难会带来自由解放。

一九三九年元旦日

白蝴蝶

给什么智慧给我,
小小的白蝴蝶,
翻开了空白之页,
合上了空白之页?

翻开的书页:
寂寞;
合上的书页:
寂寞。

一九四〇年五月三日

致萤火

萤火,萤火,
你来照我。

照我,照这沾露的草,
照这泥土,照到你老。

我躺在这里,让一颗芽
穿过我的躯体,我的心,
长成树,开花;

让一片青色的藓苔,
那么轻,那么轻
把我全身遮盖,

像一双小手纤纤，
当往日我在昼眠，
把一条薄被
在我身上轻披。

我躺在这里
咀嚼着太阳的香味；
在什么别的天地，
云雀在青空中高飞。

萤火，萤火
给一缕细细的光线——
够担得起记忆，
够把沉哀来吞咽！

一九四一年六月二十六日

狱中题壁

如果我死在这里,
朋友啊,不要悲伤,
我会永远地生存
在你们的心上。

你们之中的一个死了,
在日本占领地的牢里,
他怀着的深深仇恨,
你们应该永远地记忆。

当你们回来,从泥土
掘起他伤损的肢体,
用你们胜利的欢呼

把他的灵魂高高扬起,

然后把他的白骨放在山峰,
曝着太阳,沐着飘风:
在那暗黑潮湿的土牢,
这曾是他唯一的美梦。

一九四二年四月二十七日

我用残损的手掌

我用残损的手掌
摸索这广大的土地：
这一角已变成灰烬，
那一角只是血和泥；
这一片湖该是我的家乡，
（春天，堤上繁花如锦障，
嫩柳枝折断有奇异的芬芳）
我触到荇藻和水的微凉；
这长白山的雪峰冷到彻骨，
这黄河的水夹泥沙在指间滑出；
江南的水田，你当年新生的禾草
是那么细，那么软……现在只有蓬蒿；
岭南的荔枝花寂寞地憔悴，

尽那边，我蘸着南海没有渔船的苦水……
无形的手掌掠过无限的江山，
手指沾了血和灰，手掌黏了阴暗，
只有那辽远的一角依然完整，
温暖，明朗，坚固而蓬勃生春。
在那上面，我用残损的手掌轻抚，
像恋人的柔发，婴孩手中乳。
我把全部的力量运在手掌
贴在上面，寄与爱和一切希望，
因为只有那里是太阳，是春，
将驱逐阴暗，带来苏生，
因为只有那里我们不像牲口一样活，
蝼蚁一样死……那里，永恒的中国！

一九四二年七月三日

心愿

几时可以开颜笑笑,
把肚子吃一个饱,
到树林子去散一会儿步,
然后回来安逸地睡一觉?
　　只有把敌人打倒。

几时可以再看见朋友们,
跟他们游山,玩水,谈心,
喝杯咖啡,抽一支烟,
念念诗,坐上大半天?
　　只有送敌人入殓。

几时可以一家团聚,
拍拍妻子,抱抱儿女,
烧个好菜,看本电影,
回来围炉谈笑到更深?
　　只有将敌人杀尽。

只有起来打击敌人,
自由和幸福才会临降,
否则这些全是白日梦
和没有现实的游想。

　　　　　　　　　　一九四三年一月二十八日

等待

我等待了两年,
你们还是这样遥远啊!
我等待了两年,
我的眼睛已经望倦啊!

说六个月可以回来啦,
我却等待了两年啊,
我已经这样衰败啦,
谁知道还能够活几天啊。

我守望着你们的脚步,
在熟稔的贫困和死亡间,
当你们再来,带着幸福,

会在泥土中看见我张大的眼。

一九四三年十二月三十一日

等待（其二）

你们走了，留下我在这里等，
看血污的铺石上徘徊着鬼影，
饥饿的眼睛凝望着铁栅，
勇敢的胸膛迎着白刃：
耻辱黏住每一颗赤心，
在那里，炽烈地燃烧着悲愤。

把我遗忘在这里，让我见见
屈辱的极度，沉痛的界限，
做个证人，做你们的耳，你们的眼，
尤其做你们的心，受苦难，磨炼，
仿佛是大地的一块，让铁蹄蹂践，
仿佛是你们的一滴血，遗在你们后面。

没有眼泪没有语言的等待：
生和死那么紧地相贴相挨，
而在两者间，颀长的岁月在那里挤，
结伴儿走路，好像难兄难弟。

冢地只两步远近，我知道
安然占六尺黄土，盖六尺青草；
可是这儿也没有什么大不同，
在这阴湿，窒息的窄笼：
做白虱的巢穴，做泔脚缸，
让脚气慢慢延伸到小腹上，
做柔道的呆对手，剑术的靶子，
从口鼻一齐喝水，然后给踩肚子，
膝头压在尖钉上，砖头垫在脚踵上，
听鞭子在皮骨上舞，做飞机在梁上荡……

多少人从此就没有回来，
然而活着的却耐心地等待。

让我在这里等待，
耐心地等你们回来：
做你们的耳目，我曾经生活，
做你们的心，我永远不屈服。

一九四四年一月十八日

过旧居（初稿）

静掩的窗子隔住尘封的幸福，
寂寞的温暖饱和着辽远的炊烟——
陌生的声音还是解冻的呼唤？……
挹泪的过客在往昔生活了一瞬间。

一九四四年三月二日

过旧居

这样迟迟的日影,
这样温暖的寂静,
这片午炊的香味,
对我是多么熟稔。

这带露台,这扇窗
后面有幸福在窥望,
还有几架书,两张床,
一瓶花……这已是天堂。

我没有忘记:这是家,
妻如玉,女儿如花,
清晨的呼唤和灯下的闲话,

想一想，会叫人发傻；

单听他们亲昵地叫，
就够人整天地骄傲，
出门时挺起胸，伸直腰，
工作时也抬头微笑。

现在……可不是我回家的午餐？……
桌上一定摆上了盘和碗，
亲手调的羹，亲手煮的饭，
想起了就会嘴馋。

这条路我曾经走了多少回！
多少回？……过去都压缩成一堆，
叫人不能分辨，日子是那么相类，
同样幸福的日子，这些孪生姊妹！

我可糊涂啦，是不是今天
出门时我忘记说"再见"？

还是这事情发生在许多年前,
其中间隔着许多变迁?

可是这带露台,这扇窗,
那里却这样静,没有声响,
没有可爱的影子,娇小的叫嚷,
只是寂寞,寂寞,伴着阳光。

而我的脚步为什么又这样累?
是否我肩上压着苦难的年岁,
压着沉哀,透渗到骨髓,
使我眼睛朦胧,心头消失了光辉?

为什么辛酸的感觉这样新鲜?
好像伤没有收口,苦味在舌间。
是一个归途的游想把我欺骗,
还是灾难的日月真横亘其间?

我不明白,是否一切都没改动,

却是我自己做了白日梦,
而一切都在那里,原封不动:
欢笑没有冰凝,幸福没有尘封?

或是那些真实的岁月,年代,
走得太快一点,赶上了现在,
回过头来瞧瞧,匆忙又退回来,
再陪我走几步,给我瞬间的欢快?

…………

  有人开了窗,
  有人开了门,
  走到露台上——
  一个陌生人。

生活,生活,漫漫无尽的苦路!
咽泪吞声,听自己疲倦的脚步:
遮断了魂梦的不仅是海和天,云和树,

无名的过客在往昔作了瞬间的踟蹰。

一九四四年三月十日

示长女

记得那些幸福的日子!
女儿,记在你幼小的心灵:
你童年点缀着海鸟的彩翎,
贝壳的珠色,潮汐的清音,
山岚的苍翠,繁花的绣锦,
和爱你的父母的温存。

我们曾有一个安乐的家,
环绕着淙淙的泉水声,
冬天曝着太阳,夏天笼着清荫,
白天有朋友,晚上有恬静,
岁月在窗外流,不来打搅
屋里终年长驻的欢欣,

如果人家窥见我们在灯下谈笑,
就会觉得单为了这也值得过一生。

我们曾有一个临海的园子,
它给我们滋养的番茄和金笋,
你爸爸读倦了书去垦地,
你妈妈在太阳阴里缝纫,
你呢,你在草地上追彩蝶,
然后在温柔的怀里寻温柔的梦境。

人人说我们最快活,
也许因为我们生活过得蠢,
也许因为你妈妈温柔又美丽,
也许因为你爸爸诗句最清新。

可是,女儿,这幸福是短暂的,
一刹时都被云锁烟埋;
你记得我们的小园临大海,
从那里你们一去就不再回来,

从此我对着那迢遥的天涯，
松树下常常徘徊到暮霭。

那些绚烂的日子，像彩蝶，
现在枉费你摸索追寻，
我仿佛看见你从这间房
到那间，用小手挥逐阴影，
然后，缅想着天外的父亲，
把疲倦的头搁在小小的绣枕。

可是，记着那些幸福的日子，
女儿，记在你幼小的心灵：
你爸爸仍旧会来，像往日，
守护你的梦，守护你的醒。

一九四四年六月二十七日

在天晴了的时候

在天晴了的时候,
该到小径中去走走:
给雨润过的泥路,
一定是凉爽又温柔;
炫耀着新绿的小草,
已一下子洗净了尘垢;
不再胆怯的小白菊,
慢慢地抬起它们的头,
试试寒,试试暖,
然后一瓣瓣地绽透;
抖去水珠的凤蝶儿
在木叶间自在闲游,
把它的饰彩的智慧书页

曝着阳光一开一收。

到小径中去走走吧,
在天晴了的时候:
赤着脚,携着手,
踏过新泥,涉过溪流。

新阳推开了阴霾了,
溪水在温风中晕皱,
看山间移动的暗绿——
云的脚迹——它也在闲游。

一九四四年六月二日

赠内

空白的诗帖,
幸福的年岁;
因为我苦涩的诗节
只为灾难树里程碑。

即使清丽的词华
也会消失它的光鲜,
恰如你鬓边憔悴的花
映着明媚的朱颜。

不如寂寂地过一世,
受着你光彩的熏沐,
一旦为后人说起时,

但叫人说往昔某人最幸福。

一九四四年六月九日

萧红墓畔口占

走六小时寂寞的长途,
到你头边放一束红山茶,
我等待着,长夜漫漫,
你却卧听着海涛闲话。

一九四四年十一月二十日

口号

盟军的轰炸机来了,
看他们勇敢地飞翔,
向他们表示沉默的欢快,
但却永远不要惊慌。

看敌人四处钻,发抖:
盟军的轰炸机来了,
也许我们会碎骨粉身,
但总比死在敌人手上好。

我们需要冷静,坚忍,
离开兵营,工厂,船坞:
盟军的轰炸机来了,

叫敌人踏上死路。

苦难的岁月不会再迟延，
解放的好日子就快到，
你看带着这消息的
盟军的轰炸机来了。

       一九四五年一月十六日香港大轰炸中

偶成

如果生命的春天重到,
古旧的凝冰都哗哗地解冻,
那时我会再看见灿烂的微笑,
再听见明朗的呼唤——这些迢遥的梦。

这些好东西都决不会消失,
因为一切好东西都永远存在,
它们只是像冰一样凝结,
而有一天会像花一样重开。

一九四五年五月三一一日

出版说明

"大家小书"多是一代大家的经典著作,在还属于手抄的著述年代里,每个字都是经过作者精琢细磨之后所拣选的。为尊重作者写作习惯和遣词风格、尊重语言文字自身发展流变的规律,为读者提供一个可靠的版本,"大家小书"对于已经经典化的作品不进行现代汉语的规范化处理。

提请读者特别注意。

北京出版社